La tête dans le frigo

La tête dans le frigo

Julie Dacquin

Loi n°49-956 du 16 juillet 1949 sur les
publications destinées à la jeunesse, modifiée par
la loi n°2011-525 du 17 mai 2011.

© 2024 Julie Dacquin

Édition : BoD – Books on Demand, info@bod.fr
Impression : BoD – Books on Demand, In de Tarpen 42,
Norderstedt (Allemagne)

Impression à la demande

Illustration : Gaël Maleux

ISBN : 978-2-3225-0457-2
Dépôt légal : Janvier 2024

Personnages

Paulette dite Paula : La mère

Fanny : sa fille ainée

Isis : sa fille cadette

Toinette : Sa nièce

Cette pièce a été créée pour la première fois le 12 janvier 2024 au Théâtre Le Public à Bruxelles, dans une mise en scène de Isabelle Paternotte, avec la distribution suivante:

Paulette: Jo Deseure

Fanny: Alexia Depicker

Isis: Julie Dacquin

Toinette: Laure Godisiabois

1. L'ANNONCE

Nulle part. Partout.

La lumière divise le plateau.

On aperçoit Paulette, la mère, debout, immobile au centre de la scène.

On entend en off la voix d'une psychologue, « La psy ».

La lumière monte.

Isis : Je suis angoissée par la mort. J'ai peur de mourir. J'y pense tout le temps.

La psy : C'est votre propre mort qui vous angoisse ou celle des autres ?

Isis : La mienne, surtout. J'ai peur de mourir.

La psy : Si vous mourez, qu'est ce qui se passe ?

Isis : Je ne serai plus là.

La psy : Vous ne serez plus là. Et?

Isis : Et j'ai envie de rester ici. Je ne veux pas mourir.

La psy : Pourquoi ?

Silence.

Isis : Pour rester avec les gens que j'aime.

La psy : C'est le fait de ne plus être avec les gens que vous aimez qui vous angoisse ?

Isis : Oui.

La psy : C'est un problème de dépendance affective.

Isis : Pardon ?

Paulette : J'ai deux filles : Fanny, l'ainée, qui ne jure que par son boulot et Isis qui… Leur cousine, Toinette, a grandi avec nous. Parce que ses parents sont… Surtout son père, Norbert. Norbert… mon frère. Maintenant elle vit à la campagne avec son compagnon. Elle est passionnée par les chevaux. Petite, elle a eu un grave accident de cheval, elle a dû arrêter la compétition. Son amour pour ces bêtes est resté. Elle tient une écurie. Elle est bizarre Toinette…

Toinette : C'est Granny. Elle est partie.

Fanny : On va vous présenter une vision de moi très rigide, « une petite femme parfaite », perfectionniste. Ce n'est pas réellement moi. Comme tout ce qu'on va vous raconter d'ailleurs… Ce n'est pas vrai. C'est vrai, oui. Tout s'est réellement passé. Les versions divergent, c'est tout. Il y a un peu de tous nos souvenirs. Un mélange de réalités vues sous des prismes différents. On peut dire que ça a quand même existé. Ça a existé. Les traits ont tendance à être grossis. Peut-être. La mémoire est complexe. Il faut encoder, stocker et se rappeler. Peut-être qu'on n'utilise pas toutes nos souvenirs à la même fréquence… Ce qu'il faut retenir, avant qu'on ne démarre vraiment l'histoire, c'est que je ne suis pas si rigide que ça.

Toinette : C'est fini.

Fanny : On nous appelle « la famille Bisounours ». Isis trouve ça drôle, pas moi. On est toujours restées proche de notre maman. Paula. En réalité, c'est Paulette son prénom, mais elle ne supporte pas qu'on l'appelle comme ça, alors on l'appelle Paula. Mais parfois, pour l'énerver : Paulette !

Paulette : Qu'est-ce que t'as dit ?

Toinette : Granny est partie.

Paulette : Où ça ?

Toinette : Dans sa chambre, du home.

Paulette : Je me disais aussi : Elle ne pouvait pas aller bien loin.

Toinette : C'est fini, pour Granny.

Paulette : Fini ?

Toinette : Je suis entrée dans sa chambre, son frigo était ouvert, elle avait sa tête dedans et ses jambes dépassaient sur le sol.

Paulette : Pourquoi je lui ai acheté ce frigo…

Toinette : C'est fini.

Paulette : Tu veux dire qu'elle est… ?

Toinette : Je suis arrivée, elle était allongée sur le sol, la tête dans le frigo.

Paulette : Morte ?

Toinette : La tête dans le frigo.

Paulette : Qu'est ce qui s'est passé ?

Toinette : Le médecin a dit qu'elle n'avait pas souffert. Elle a cessé d'exister, pouf, et ensuite, elle est tombée, Bam, la tête dans…

Temps.

Isis : Je me demande souvent si je n'ai pas été adoptée. Tout le monde se pose la question un jour. Je me la pose tous les jours. C'est peut-être mieux de ne pas avoir de réponse. Qu'est ce qui nous relie à l'autre ? Je suis peut-être du même sang ce qui n'empêche pas de… Quelque chose de plus important que le sang nous constitue. Une énergie. Une vibration peut-être ? Faut-il tenir compte de toutes les dimensions? Ma sœur dit aussi que je viens d'une autre planète : preuve supplémentaire de mon adoption. Reste à savoir de quelle planète ? J'ai déjà compris des choses qu'elle n'a pas encore conscientisées, c'est de là que vient notre décalage. Sur la vie par exemple, son sens, profond. Je me pose la question tous les jours. Qu'est-ce qu'on fait là ? On s'agite, on s'agite, puis on meurt. C'est con.

Silence.

Isis : Je me demande souvent où s'arrête la galaxie ? Où s'arrête l'univers ? Je me pose cette question tous les jours. Depuis mes 4 ans. S'il est infini, il ne s'arrête donc jamais. Comment conscientiser une chose infinie ? En mathématique, pour un nombre par exemple, je peux le concevoir. On ajoute à chaque fois un chiffre derrière le précédent, c'est simple. Mais pour l'espace, comment s'imaginer que l'espace ne s'arrête jamais? Il n'y a pas de fin ? Pas de début non plus ? S'il existe un début, c'est qu'il existe une fin, d'un côté au moins. Il n'y aurait donc ni début ni fin ? Infini de partout? Disons qu'il y a une fin, ou un début, quelque part, on se repose alors la question : qu'est-ce qu'il y a au-delà de cette fin ? De ce début ? Le rien ne peut pas exister. Mais l'infini non plus... J'ai la tête qui tourne.

Paulette : Il faut prévenir les filles.

Fanny arrive.

Fanny : Qu'est-ce qu'il se passe ?

Toinette : Granny est partie.

Fanny : Ah bon ? Où ça ?

Paulette : J'aime beaucoup ton euphémisme Toinette.

Fanny *(à Toinette)* : Je suis contente de te voir.

Paulette : Granny est morte.

Temps.

Toinette : Ça va ?

Fanny : Non.

Paulette : C'est la vie.

Toinette : La mort plutôt.

Fanny : Qu'est-ce qu'il s'est passé ?

Toinette : Elle a cessé d'exister, pouf, et ensuite, elle est tombée, Bam, la tête dans le frigo.

Fanny : La tête dans le frigo ?

Toinette : Je suis entrée dans sa chambre, son frigo était ouvert, elle avait sa tête dedans et ses jambes dépassaient sur le sol.

Paulette *(à Fanny)* : Ta sœur n'est pas avec toi ?

Isis entre.

Isis : Toinette ! Ça fait longtemps ! Ça va ? Qu'est-ce qu'il se passe ?

Fanny : Granny est morte.

Paulette : Fanny, tu pourrais être un peu plus délicate.

Isis : Quoi ?

Toinette : Je suis entrée dans sa chambre, son frigo était ouvert, elle avait sa tête dedans et ses jambes dépassaient sur le sol.

Isis : Morte de froid ?

Paulette : Granny est morte, pouf, puis elle est tombée, Bam, la tête dans le frigo.

Isis s'allonge au sol, hyper ventile. Les autres lui jettent un regard sans réagir davantage.

Isis : J'ai la tête qui tourne.

Paulette : Je vais aller la voir.

Fanny : Granny est morte, maman !

Isis : On est sûr qu'elle est vraiment morte ?

Toinette : Ils l'ont emmenée dans une chambre réfrigérée.

Isis : Elle meurt la tête dans le frigo, et maintenant ils vont la mettre dans une chambre froide…

Paulette : J'y vais.

Fanny : Tu ne pourras pas entrer.

Paulette : Pourquoi ? Ma mère est morte ! Je vais la voir si je veux.

Fanny : Il faut prendre rendez-vous, on ne peut pas débarquer n'importe quand.

Toinette : On ira demain matin, elle ne va pas s'échapper.

Paulette : Ils vont m'empêcher de voir ma mère ?

Fanny : Toi ou une autre. Ils en voient tous les jours des morts.

Paulette : Si j'étais passée cet après-midi, elle ne serait peut-être pas…

Toinette : On ne va pas compter les points. On a toutes fait ce qu'il fallait, tout le temps.

Isis : On est vraiment sûr qu'elle est morte ? On l'a déjà trouvée plusieurs fois étalée par terre.

Fanny : Morte bourrée.

Toinette : Là c'était : morte. Tout court.

Isis : Ça arrive souvent qu'une personne qu'on croit morte ne le soit finalement pas et se réveille dans sa chambre froide, ou parfois même à son propre enterrement !

Fanny : Arrête de lire chaque connerie qui passe sur internet.

Isis : Ce ne sont pas des conneries !

Toinette : Morte. Complètement morte.

Paulette : On va se serrer les coudes les filles. Venez ici. Ça va aller.

Câlin collectif.

Paulette : J'ai eu 65 ans hier...

Toinette – Isis – Fanny : Bah… Maman !

Paulette : Oui, bon… 72 ! Chaque 12 mai je penserai à quoi ? Ma naissance ou la mort de maman ? Elle aurait pu attendre l'automne pour mourir, comme tout le monde. Il fait beau aujourd'hui. C'est déjà ça. Lorsque papa est décédé, j'ai pleuré. Pas longtemps, mais j'ai pleuré. Mon papa, Bon Pa'… Ce sont toujours les meilleurs qui partent en premier. Maintenant au tour de maman… Et voilà, une orpheline de plus sur terre. J'ai l'impression que le sol sous mes pieds s'est transformé en vase. Je m'enfonce. Je n'ai pas pleuré car je ne suis pas quelqu'un qui montre facilement ses

sentiments. Que ce soit la tristesse, la colère, la joie…
Je suis comme ça. Je dois être pudique des sentiments.

2. LES POMPES FUNÈBRES

Fanny et Paulette entrent dans l'établissement des pompes funèbres, elles sont seules.

Paulette : T'as pris rendez-vous ?

Fanny : C'est sans rendez-vous.

Paulette : Ah.

Elles patientent.

Paulette : Il y a quelqu'un ?

Un néon « Pompi Fun » et un tableau d'affichage s'allument.

Fanny : On ne risque pas de se tromper. *(Elle s'approche du tableau et lit)* « Les membres du personnel des pompes funèbres sont disponibles du lundi au vendredi de 14h à 17h. En dehors de ces heures, veuillez utiliser la borne numérique ou nous contacter au... » *(Se tournant vers la borne)* C'est ça ?

Paulette : Il y a quelqu'un ?

Toinette et Isis entrent.

Toinette : On a tourné pour trouver une place. Ça va ?

Paulette : Il n'y a personne.

Toinette : Ah bon ?

Isis : Cool. Venez, on s'en va.

(Isis va pour sortir, personne ne la suit)

Fanny : On doit tout faire sur cette borne, je ne comprends rien.

Isis : *(regardant l'écriteau lumineux « Pompi Fun »)* Ils ont beaucoup d'humour !

Toinette : Pourquoi ?

Isis : « Pompi Fun », c'est une blague ?

Toinette : FUN !

Isis : Fun.

Fanny : Fun.

Toinette : FUN : Funérailles.

Isis : Je hais la mort. On peut partir ?

Fanny : Isis ne commence pas !

Fanny se place devant la borne et lit.

Fanny : « Devis obsèques » ou « commande obsèques » ? Commande ?

Isis va s'asseoir sur une chaise. Elle met un casque et écoute de la musique.

Paulette : On ne va pas passer par une machine… Il y a quelqu'un ?

Fanny : Commande. « Décès survenu » ou « décès à venir » ? Survenu.

Paulette marque un signe d'agacement.

Isis : Ça va Maman ?

Paulette : Il n'y a personne.

Fanny : Type de cérémonie « religieuse » ou « laïque » ?

Paulette : Laïque ! Laïque !

Fanny : « Inhumation » « crémation » ? 989 euros pour la crémation, putain ! « Maitre de cérémonie » ? 131 euros, en option.

Paulette : Oui, je ne sais pas. Je peux parler à quelqu'un ?

Fanny : Le budget maman! C'est vraiment nécessaire un maître de cérémonie ? Tu en veux vraiment un ?

Paulette : On n'aura pas la tête à ça, Fanny.

Fanny : On a un budget, maman, Granny ne verra quand même rien.

Paulette : Laisse-moi faire ce que je veux. Je prends tout en charge.

Fanny : Maman, non. On a prévu un budget, tu n'as pas les moyens de flamber, surtout pour…

Paulette : C'est ma mère qui est morte je fais ce que je veux. Quand je mourrai tu pourras choisir de me faire des obsèques « low cost » si tu veux, pour l'instant, je suis toujours là, je décide. Je prends le maître de cérémonie.

Fanny : Va pour le maitre de cérémonie ! Coordonnées de la personne : Simone Ledruque... *(Elle encode les données)*. Cercueil : « économique » « standard » « prestige » ? Wouaw ! Le prestige... Ça coute un bras de mourir ! On Prend l'économique !

Paulette : Non, Granny valait un peu mieux que ça ! J'offre tout, je choisis ! Il y a quelqu'un ?

Fanny : Elle est morte ! Ce n'est pas parce que tu vas dépenser 1.000 balles en plus pour son cercueil...

Paulette : C'est ma mère qui est morte ! Tu prends le cercueil...heu... Entre les deux-là, le... le... c'est quoi ?

Toinette : Standard.

Paulette : Standard, voilà !

Fanny : Associer Granny à du « standard » te dérange moins que...

Paulette : Laisse-moi faire !

Fanny : Prends le prestige alors ! Elle ne vaut pas le prix du prestige ?

Paulette : Fanny !!

Fanny : Elle est morte, elle est morte.

Toinette *(à Fanny)* : Je peux continuer si tu veux.

Fanny va s'asseoir près d'Isis.

Toinette : Soin du corps « Toilette avec…

Paulette : Prends la plus chère ! Je veux qu'elle soit belle.

Toinette : Ok. L'urne ?

Paulette : L'urne, je m'en fous. Elle veut qu'on disperse ses cendres sur la tombe de Bon Pa'.

Toinette : Ah bon ?

Paulette : La moins chère c'est très bien.

Toinette : « dispersion dans le chardin… le jardin des souvenirs » « dispersion dans la nature » « dispersion…

Paulette : Nature.

Fanny : Un cimetière ce n'est pas la nature.

Paulette : Qu'est-ce que tu dis ?

Fanny : On ne peut pas disperser des cendres sur une tombe dans un cimetière. C'est interdit.

Paulette : Qui va nous en empêcher ?

Fanny : C'est la loi.

Toinette : L'urne est scellée.

Paulette : Tu choisis l'urne la moins chère, je m'arrangerai avec le personnel du crématorium et on ira disperser ces cendres sur la tombe de mon père comme elle l'a demandé. Un point c'est tout.

Isis *(enlève son casque)* : Vous avez fini, c'est bon ? On peut y aller ?

Paulette : Non !

Fanny : Et merci pour ton aide Isis !

Isis : Quoi ?

Fanny : Merci pour ton aide !

Isis : J'ai peur de la mort, c'est de ma faute ?

Toinette : Moi j'adore la mort !

Silence.

Toinette : C'est ironique.

Fanny : Je ne la comprends pas.

Toinette : Ce n'est pas grave. La date… Il y a de la place mercredi matin.

Fanny : Ce n'est pas possible mercredi matin.

Paulette : Comment ça « ce n'est pas possible » ?

Fanny : J'ai une présentation au boulot que je prépare depuis des semaines, il y aura 350 clients potentiels je ne peux pas planter tout le monde.

Paulette : Ta grand-mère bien ?

Fanny : Maman, ce n'est pas possible mercredi matin. Qu'est-ce qu'ils proposent d'autre?

Toinette : C'est tout.

Fanny : Comment ça « c'est tout » ?

Paulette : On prend mercredi matin.

Fanny : Non maman ! On ne prend pas mercredi matin. Elle est morte, elle est morte.

Toinette : Elle ne risque pas de s'échapper, c'est sûr.

Toinette rit, seule.

Toinette : Il y a un créneau mardi matin mais pour un office religieux avec inhumation.

Paulette : Religieux ? Religieux ? Ils se foutent de moi ?

Fanny : Trouve une place mardi matin au crématorium.

Toinette : Pas de place.

Paulette : On prend mercredi matin, un point c'est tout !

Paulette valide la date et l'heure sur la machine.

Fanny : Ce sera sans moi.

Paulette : T'as pas intérêt à me faire ça !

Fanny : tu ne me laisse pas le choix ! Toinette, on est à combien ?

Toinette : 3985 euros.

Isis enlève son casque.

Fanny : Quoi ?

Toinette : J'ai la carte de crédit de mon père, je lui ai piqué ce matin.

Paulette : C'est gentil Toinette, mais il est hors de question que ton père paie, je ne veux pas de son fric !

Toinette : Il ne sait pas que j'ai sa carte.

Isis : Moi je trouve que c'est une bonne idée de payer avec la carte de ce gros Norbert.

Fanny : Ça va Isis, pas besoin d'en rajouter !

Paulette : Hors de question ! Il y a quelqu'un dans ce putain de funérarium ?

Toinette : Pompes funèbres !

Paulette : Pardon ?

Toinette : Funérarium c'est l'endroit où se trouvent les corps.

Isis : Granny est ici ??

Toinette : non, justement, ici ce n'est pas le funérarium ce sont les…

Paulette : Peu importe, je veux parler à quelqu'un !

Isis remet son casque sur les oreilles.

Fanny : 4.000 balles pour... Excusez-moi mais... Granny est morte, elle est morte, elle ne verra rien. Vous ne trouvez pas que c'est excessif ?

Toinette : Il faut encore ajouter « Afis, avis dans la presse » « faire part », « carte de remerciement »,...

Fanny : Quel business !

Paulette : Ils ne sont mêmes pas capables de nous recevoir ! On parle à une machine de merde !

Paulette donne un coup de pied dans la machine.

Toinette : Calme-toi Paula !

Isis enlève son casque.

Isis : Qu'est-ce qu'il se passe ?

Paulette frappe la machine.

Paulette : Ma mère est morte ! On peut avoir un peu de compassion ? Un peu d'humanité ? Merde ! Il y a quelqu'un ?

Isis : Calme-toi maman !

Paulette : Je ne peux pas me calmer ! Saloperie de machine ! L'option réconfort, on doit l'acheter aussi ?

Toinette : Je n'ai pas vu cette option...

Paulette roue la machine de coups, Toinette recule.

Toinette : Viens, on va prendre l'air !

Toinette et Paulette sortent. Toinette revient en courant et donne la carte de crédit de son père à Isis.

Toinette : 3941

Elle ressort en courant.

Isis : Ils proposent une « formule champagne » !

Fanny : Sérieux ?

Fanny sort.

Isis : Qu'est-ce que je fais ? C'est la carte de Norbert ? Champagne ! Valider, valider, je déclare que… Oui, je déclare, ok, paiement.

3. ORGANISATION

Paulette, Fanny, Isis et Toinette sont dans la maison de Granny. Dans un coin se trouvent les affaires de la chambre du home de Granny (Frigo, sac de vêtements, TV, fauteuil,..) Isis tient un sachet rempli de glaçon sur son poignet.

Paulette : Je n'ai pas le courage de vider cette maison…

Temps.

Fanny : Ce n'est pas cassé.

Isis : C'est cassé !

Fanny : T'as fait une radio ?

Isis : Je te dis que mon poignet est cassé !

Silence.

Toinette : (à Isis) Ça va ?

Isis : Oui.

Silence.

Fanny : Ça ne sert à rien de mettre de la glace sur une fracture.

Paulette observe la pièce comme si elle la découvrait pour la première fois. Elle prend en main un bibelot posé sur un des meubles.

Isis : Si on suit les statistiques, il y a 67% de chances pour qu'on se dispute à cause de l'héritage de Granny et que notre famille vole en éclats et qu'on devienne toutes des inconnues les unes pour les autres et qu'on se retrouve uniquement aux enterrements de chacune. 67%, c'est énorme !

Silence.

Isis : Je veux bien faire l'effort de croire qu'on fait partie des 33%.

Paulette se lève et va prendre une boite en métal posée sur le frigo. Elle l'ouvre. Des documents, cartes et autres petits objets souvenirs s'y trouvent.

Paulette : Je n'ai pas le courage de vider cette maison. On pourrait tout brûler.

Fanny : Maman !

Toinette : On va t'aider Paula.

Paulette : (*Paulette prend une boîte dans les mains.*) Sa boite à souvenirs. Dès que Norbert faisait quelque chose, elle l'ajoutait à sa boite.

Fanny : Norbert ? Sérieux ? Ce petit enfoiré de Norbert qui ne bouge pas son cul?!

Paulette : Fanny !

Fanny : Ça fait presque 1 an que Granny est dans son home…

Toinette : Etait. Etait dans son home.

Fanny : 1 an qu'elle **était** dans son home, il n'est pas passé la voir une seule fois.

Toinette : Il ne changera jamais.

Fanny : Pour l'héritage, il va se réveiller ?

Paulette : Arrête de parler d'héritage, on a déjà assez de choses à régler dans l'urgence, on fera ça plus tard.

Isis : Plus tard, c'est demain.

Toinette : Mon père a dit qu'on n'avait pas intérêt à vendre la maison pour des cacahuètes.

Paulette : On ? C'est qui « on » ?

Toinette : Je suppose que c'est toi.

Paulette : Qu'est-ce qu'il a dit d'autre ?

Toinette : Rien… Ah si ! Ah non…

Fanny : Ce glandu ne fout rien depuis qu'il est né. Un boucher au chômage depuis 30 ans, t'as déjà entendu ça toi ? Son bide est tellement énorme…

Paulette : Fanny, ce n'est pas sympa pour Toinette ce que t'es en train de faire…

Toinette : Ne vous gênez pas. J'ai tué le père… Il n'y a pas très longtemps, mais je l'ai tué, Bam ! C'est jouissif de vous écouter. Ça fait du bien, continue !

Fanny : Bah…

Toinette : Tu parlais de son gros bide à bière tout pourri qui suinte…

Isis : Stop ! J'ai des images… Je vais vomir. *(Elle se penche sur le côté, prête à vomir)*

Toinette : On peut le déshériter ?

Paulette : Il y a un testament et… Arrêtons de parler de cet héritage, ce n'est vraiment pas le moment.

Isis : 67%...

Paulette : On en parle plus tard !

Isis : Plus tard c'est demain.

Toinette : J'ai une idée : On peut coller des post-it sur tout ce qu'on veut garder.

Fanny : Des post-it ? T'es sérieuse ?

Toinette : Des post-it avec nos noms.

Paulette : Plus tard, l'héritage.

Toinette : Si on brûle la maison, il se passe quoi ?

Fanny : Arrêtez avec vos idées tordues, ce n'est pas le moment !

Paulette : Je veux bien me renseigner Toinette

Fanny : Maman !

Isis : 67%...

Paulette : Ne pas assister à l'enterrement de sa grand-mère c'est raisonnable ? Non. Donc on peut bien brûler une maison, quelle différence.

Toinette : On sauve juste quelques objets avant.

Toinette commence à poser des post-it avec son nom sur les objets qu'elle aimerait récupérer.

Fanny se lève, prend une montre et la met autour de son poignet.

Isis : T'es sérieuse ?

Fanny : Sérieuse. A fond.

Isis : Man, tu la laisses faire ?

Fanny : Granny a dit que je pouvais l'avoir.

Paulette : Fanny, enlève cette montre et remets là à sa place.

Isis : Comment tu peux porter la montre d'une morte ?

Fanny : *(à Isis)* Minus s'énerve ?

Fanny frotte le bras et les cheveux d'Isis avec sa montre.

Isis : Arrête !

Isis se met à pleurer. Fanny enlève la montre et la jette là où elle la trouver.

Paulette : Faut chaque fois qu'il y en ait une qui pleure. C'est fatiguant.

Fanny : C'est toujours Isis.

Isis : Toinette aussi a pleuré.

Fanny : Pour d'autres raisons !

Toinette : Mais je n'ai jamais pleuré.

Isis : Faut une raison pour pleurer ?

Fanny : C'est mieux, non ?

Toinette : Je n'ai pas pleuré.

Isis : J'ai envie de pleurer, je pleure.

Fanny : Mais oui, pleure !

Toinette : Pleure, oui.

Isis : J'ai l'impression que je dois toujours me justifier de pourquoi je pleure, comme si c'était…

Toinette : Mais non !

Fanny : Pleure si t'as envie, t'as raison.

Isis : Tu vois !

Toinette : Quoi ?

Isis : Elle dit ça avec condescendance, c'est juste humiliant.

Fanny : Isis, si t'as envie de pleurer, pleure ! Mais arrête d'en faire toute une histoire.

Toinette : Mais oui pleure, ça ne nous dérange pas !

Fanny : Vas-y, t'en fais pas !

Toinette : Pleure !

Fanny : Allez, pleure ! Pleure !

Isis : J'ai plus envie de pleurer maintenant.

Toinette : Ah ! Ne pleure plus alors.

Isis : C'est ce que je fais.

Fanny : Parfait ! On peut revenir à l'organisation ? Je vais bientôt devoir partir. Qui fait quoi ?

Paulette : Je vais gérer toute seule, ne vous inquiétez pas.

Fanny : Regarde-toi maman.

Isis : Pourquoi tu lui dis ça ?

Fanny : Quoi ? C'est réaliste. (À Paulette) Regarde toi, tu ne sais même plus comment tu t'appelles, c'est normal...

Toinette : Paulette !

Fanny : Quoi ?

Toinette : Elle s'appelle Paulette…

Isis rit.

Fanny : Très drôle.

Isis : Aucun humour.

Toinette : C'est Paulette mais on t'appelle Paula !

Paulette : On a compris.

Toinette : C'est la vérité, tu t'appelles Paulette mais…

Paulette : Toinette, c'est bon.

Fanny : Qui fait quoi ? Isis ? Toinette ?

Isis : Je fais tout ce que vous voulez mais rien qui a un rapport direct avec la mort.

Toinette : Granny est morte.

Paulette : Je m'occupe des musiques.

Fanny : Non, tu ne t'occupes de rien. Isis, tu t'occupes des musiques. Toinette, tu peux faire le suivi administratif ?

Toinette : Ok…

Paulette : Et toi ? Tu t'arranges pour être présente mercredi ?

Fanny : Non. Je fais ce que je peux.

Isis : Nous aussi.

Fanny : Depuis quand tu bosses ?

Toinette : On fait toutes ce qu'on peut.

Paulette : Bosser...

Fanny : Isis, t'as entendu ? On peut compter sur toi pour les musiques?

Isis : Oui, oui...

Paulette s'avance. Derrière elle, les filles continuent de discuter le bout de gras quant aux efforts de chacune, qui prendra quoi, qui va faire quoi,...

Paulette : La joie de vivre... La joie de vivre. Est-ce que la mienne s'en est allée à tout jamais ? Je pense que je n'oserai pas l'avouer aux filles mais je suis tellement soulagée que Granny soit partie. Mon sac à dos est tombé, Bam, d'un coup. Je m'en veux.... Je vais tenir ma promesse ! Organiser ses funérailles et disperser ses cendres sur la tombe de Papa, Bon' Pa. Tous mes repères ont pris la fuite. Me voilà orpheline. A l'âge que j'ai... si vulnérable. Un nouveau-né abandonné. Je suis perdue. Le temps. Le temps fera son travail. Mais je ne l'ai plus le temps. J'aime rire. Est-ce que ce mal de mer va partir ? Bien sûr. Le temps. Le temps. Mais pour maintenant? Ma vision est floue. J'écoute, mais je n'entends rien. Je ne suis pas là. Je n'étais pas là. En tout cas, je ne m'en rappelle pas.

Paulette reste figée à l'avant-scène. Derrière, les trois filles s'activent pour ranger les affaires de Granny. Isis n'est pas d'une grande aide avec son poignet « cassé ». Elle aide Toinette à bouger le frigo et se prend un morceau de verre, tombé du dessus du frigo, dans l'œil. Fanny a beau chercher le morceau de verre partout, elle ne le retrouve pas, ni dans l'œil d'Isis, ni par terre. Fanny regarde sa montre toutes les 10 secondes et pressent Isis et Toinette.

Elles quittent finalement le salon de Granny. Isis, la dernière, prend un post-it, y inscrit son nom, le pose sur le frigo et sort.

Paulette : Je n'étais pas là. Je ne m'en souviens pas.

4. MEMO-MIME

Isis et Fanny sont debout, Paulette, sur le côté, les regarde.

Isis (imite Norbert) : Mais qu'est-ce qu'elles foutent ? Ça va pas ou quoi ? Elles sont malades ! Putain !! Bah quoi ? Granny !!!

Fanny (imite Granny) : Oui Norbert ?

Isis (imite Norbert) : C'est pas gratuit l'eau !

Fanny (imite Granny): Qu'est ce qui y a Bebert ?

Isis (imite Norbert) : Les gamines là, elles se brossent les dents et elles laissent couler l'eau pour se rincer la bouche !

Fanny (imite Granny) : Oh !

Isis (imite Norbert) : C'est qui qui paye hein ??

Fanny (imite Granny) : Bah ouai c'est moi qui paie ici !

Isis (imite Norbert) : Vous faites plus jamais ça hein ! Quoi ? Elle savent pas comment faire ! Elles sont biesses ou quoi ?! Vous mettez de l'eau dans un verre et vous vous rincez ! Non mais attends, les autres là elles font couler l'eau quoi !! Ça c'est leur mère hein, Paulette ! Elle les éduque comme de la merde ! Elles savent même pas se brosser les dents les gamines !

Paulette prend le centre et pousse ses filles. Fanny et Isis se mettent sur le côté

Paulette : Moi, moi !

Paulette (imite Granny) : Dis, Paulette, ou c'est que t'as mis les emballages carton ?

Paulette : Bah à la poubelle maman.

Paulette (imite Granny) : T'as pas encore fait ça ? Toi, pour foutre la mert t'es toujours la première hein ! Tu le sais hein que ton frère il collectionne les timbres pour aller à Paradisio ? Tu jettes tout toi ! T'as toujours été comme ça toute façon ! Tu jettes tout ce que tu trouves. Qué malheur qué malheur, mais qu'est-ce que j'ai fait pour avoir une fille comme ça. Je lui dis quoi à Bebert maintenant ?

Fanny (intervenant de loin) : Tu lui dis de bouger son gros cul et d'aller bosser !!

Paulette (imite Granny) : C'est sûr que t'as aussi jeté les bons de réductions de la gazette ? Et ben voilà, elle a aussi jeté les bons de réductions de la poudre à lessiver. La vie ne m'a pas fait de cadeau, ah je vous jure ! Me fallait plus d'autres gosses après elle! heureusement que y a Bebert !

Fanny se lève et la rejoint

Fanny (imitant Norbert) : Bah ouais, heureusement que chui là moi ! Parce avec tous les abrutis qu'y a sur cette terre ! Heureusement que tonton Norbert est là pour relever le niveau ! (Reprenant sa voix) Pour vous donner des petites claques sur le cul quand vous coupez la parole ! et vous enfermer dans le poulailler pendant tout une après-midi parce que vous n'avez pas ramené la bonne canette de bière

Isis : Heureusement que tu nous croyais maman…

Toinette, qui écoutait de loin sans que les autres la voit, s'avance.

Toinette : Et qui vous dit que c'est de ma faute si sa femme est morte en accouchant de moi, et qui vous laisse crever de mal pendant plusieurs jours parce que vous n'êtes qu'une chochotte de femmelette qui fait de la comédie

Toinette (imitant son père, Norbert) : Sa jambe est cassée, sa jambe est cassée, et.. et, et quoi ? Je lui ai dit moi hein de pas monter sur ces bestioles ! Sales bêtes ! Je vais pas payer pour ça hein ! Je lui ai toujours dit non ! Oui, oui, j'ai vu la radio monsieur et… Qu'elle se démerde hein. Je m'en fous je veux rien savoir. Toinette tais toi tu laisses parler les monsieurs ! Ah ben sa mère non, sa mère est morte, elle s'en est bien tiré celle-là ! Tais-toi Toinette ! Opération pas opération, elle fait ce qu'elle veut c'est elle qui paie !

Tu la fermes oui ?! Oui ça fait mal bah ça t'apprendra! Hé, qui casse paie hein !! Ahahaha

Temps. Toinette va serrer Paulette dans ses bras, puis s'en va.

Fanny et Isis se lèvent.

Fanny (en sortant) : Toinette !!!

Elles sortent toutes les deux.

5. LA MORGUE

Paulette, Fanny et Toinette sont assises l'une à côté de l'autre dans la salle d'attente de la chambre réfrigérée

Fanny : Ça fait 20 minutes qu'ils sont dans cette chambre froide.. Qu'est-ce qu'ils font ?

Paulette : On n'est pas pressées.

Toinette : Granny ne va pas prendre ses jambes à son cou.

Toinette mime l'image.

Toinette : T'imagines ? Prendre ses jambes...

Fanny : Quoi ?

Toinette : Non, rien.

Fanny : Qu'est-ce qu'ils font ?

Toinette : Ils lui piquent ses bagues.

Toinette rit.

Temps.

Toinette : J'ai froid.

Fanny : Et tu n'es pas encore entrée dedans!

La porte de la chambre réfrigérée s'ouvre doucement. Personne n'en sort.

Fanny : Ils ont fini ? C'est bon ? Je peux y aller ?

Paulette : T'es pressée ?

Fanny : Entre cet enterrement, le boulot, les enfants et Dan qui n'est pas foutu de me donner un coup de main, j'ai un peu de mal à gérer ! Je n'ai pas le temps de rester assise sur une chaise à raconter des blagues pas drôles. Si ça ne vous dérange pas, j'aimerais bien y aller et filer au boulot.

Paulette : Bien sûr, Fanny. Le boulot avant tout.

Fanny : Tu ne m'aides pas, maman.

Paulette : La vie passe pendant que tu te débats. Lâche un peu...

Fanny : Je ne peux pas !

Fanny entre dans la chambre réfrigérée.

Paulette : Toujours croire que c'est plus facile pour les autres. C'est ma mère qui est morte. Quand je mourrai, elle sera aussi comme ça ? La prochaine sur la liste. Je n'ai pas tout de suite réalisé, c'est en me levant ce matin que j'ai compris. Un claquement de doigt, et me voilà sur la liste d'attente. Prête à mourir.

Toinette : T'es encore jeune Paula.

Paulette : J'aurai peut-être dû prendre un caveau familial. On aurait été toutes ensembles... à un moment. J'ai envie d'être incinérée, comme Granny. Je prends juste davantage conscience de ma mortalité. On se prépare à accueillir notre propre mort, en douceur. Sinon à quoi bon ? Ce n'est que ça la mort. Une fois qu'elle est là, elle n'est déjà plus. Imagine si on était immortel ? Tu connais la méduse Nutricula ? Immortelle. La seule espèce capable d'inverser son processus de vieillissement. Une vie infinie. En a-t-elle conscience? La pauvre. J'espère que je mourrai d'un coup, Bam, pouf.. Etre capable de rajeunir... C'est dingue non ? Imagine, je pourrais presque inverser les rôles, devenir mère puis fille... Puis mère à nouveau. Je n'ai pas peur de mourir. Je ne veux juste pas devenir un poids. Je préfère qu'on m'achève, direct ! Bam, Pouf !

Silence.

Toinette : Je vais peut-être mourir avant toi.

Paulette : Ne dis pas des choses pareilles !

Toinette : Mourir de froid en entrant dans cette chambre.

Paulette : On a déjà une morte sur les bras, patiente un peu. J'ai l'impression de passer ma vie à enterrer les autres. C'est pire que mourir, non ? Ils tombent tous comme des mouches.

Temps. Toinette rote sans faire exprès.

Toinette : Pardon. Quand j'ai froid je rote, je suis désolée.

Silence.

Toinette : Je ne suis plus sûre d'avoir envie de la voir. J'ai tellement froid. Mais j'aimerais rester sur autre chose que l'image de sa tête dans le frigo.

Paulette : Attends-moi ici si tu préfères.

Toinette : Ou on y va à deux ? On entre, on regarde, hop, on sort et on ferme la porte.

Fanny sort.

Fanny : C'est une horreur ! Ça pue ! Ça pue le mort ! Je file, j'ai des rendez-vous qui s'enchainent.

Elle embrasse Paulette et Toinette.

Fanny : Ça pue !

Elle sort.

Paulette : Ce n'est pas vrai. Ça ne pue pas. C'est parce que tu regardes et tu imagines.

Toinette : Ah bon ?

Paulette : Un mort a le visage fixe. Je me demande toujours ce qu'il fixe. Ce n'est pas évident de reconnaitre un mort. Tu vois que c'est lui, ou elle, mais quelque chose a changé, à chaque fois comme si c'était quelqu'un d'autre. Et son image te hante le restant de tes nuits.

Silence.

Toinette : T'as une crotte de nez.

Paulette : Où ça ?

Toinette : Là ! Non, là. C'est bon, c'est parti.

Paulette : Merci.

Silence

Paulette : A nous trois ?

Toinette : On y va.

Toinette ferme son gros manteau jusqu'en haut, met son écharpe, bonnet et gants, et elles entrent dans la chambre réfrigérée.

6. QUOTIDIEN SPECIAL

Toinette : Un jour, Granny était morte bourrée et elle m'a dit que Paulette n'était pas sa fille. On s'arrange tous comme on peut avec notre conscience. Certains y parviennent mieux que d'autres. Ils croient dur comme fer à leur mensonge. Ils oublient que c'était un mensonge. C'est drôle non ? De l'extérieur on peut se dire « Ouais, ouais, c'est ça ! Un peu trop facile » Mais en fait non, ils oublient vraiment, la réalité s'est déformée et la vérité est remplacée. Le pouvoir du mental. Impossible ensuite de discerner le mensonge de la réalité. Si Paula n'est pas sa fille… Ce n'est pas vraiment ma maman, heu ma tante alors ? Mon père m'a dit qu'il ne viendrait pas à l'enterrement. Il s'est bloqué le dos.

Fanny : Toinette !!

Paulette : J'ai vraiment envie de brûler cette maison…

Fanny (à Isis) : T'as pas vu Toinette ?

Isis : Non.

Paulette : D'abord disperser les cendres sur la tombe de Bon' Pa. Et puis…

Fanny (à Isis) : Cherche avec moi.

Toinette : Le dos bloqué… C'est ça ouai. Je me dis que… Que ce serait peut-être bien vrai. Paula n'est pas sa fille. Et avec un peu de chance mon père ne serait pas mon vrai père non plus

Fanny : Toinette !!

Isis : Toinette !

Toinette : Le dos bloqué...

Fanny : Heeeee hooooo !!!

Toinette : Si Paula n'est pas la fille de sa mère, je ne suis pas forcément la fille de mon père. Il n'y a aucun rapport, je sais, mais quand même... Je sens que je suis juste la fille de ma mère. Et encore....

Fanny : Allo Allo, quelqu'un me reçoit ?

Toinette : J'ai toujours eu le cul entre deux chaises.

Paulette : Disperser des cendres sur une tombe et brûler une maison... C'est interdit. Oui.

Toinette : Alala... La vie de mortel.

Paulette : Je veux le faire.

Fanny : Ah, Toinette, enfin ! Ce soir, rendez-vous 18h tapante pour la veillée.

Toinette : Et Isis ?

Fanny : Elle est avec moi. Isis ? (Isis n'est plus là) Oh putain c'est pas vrai ! Isis !!!! (À Toinette, en sortant) On se retrouve toutes là-bas. Ça pue ici, non ?

Fanny sort.

Toinette : Ce matin, j'étais avec mes chevaux et Jumpy m'a fait dessus. J'étais en train de le brosser, je n'ai pas fait attention et hop, il m'a fait dessus. Sur ma jambe. Je n'ai pas eu le temps de changer de pantalon…

Paulette : Toinette, t'as pas vu Fanny ? C'est quoi cette odeur…

Toinette : Elle vient de sortir. Elle cherche Isis.

Paulette : Isis est déjà là-bas.

Toinette : Quoi ?

Paulette : La veillée, 18h.

Toinette : Fanny disait qu'Isis était avec elle.

Paulette : On se retrouve là-bas.

7.   LES OIGNONS A PLEURER

Toinette est assise par terre, sur le parking du funérarium avec des bouquets de tulipes et de tournesol. Elle pousse des gémissements tout en essayant de construire des couronnes de fleur. Des oignons sont posés à côté d'elle. Isis arrive, un bandage à l'œil.

Isis : Ça va ?

Toinette : Je suis venue plus tôt et t'étais pas là.

Isis : Non, j'étais avec Fanny.

Toinette : Fanny te cherchait partout. Ta mère m'a dit que t'étais ici

Isis : Bah non.

Toinette : Bah non.

Silence.

Toinette : J'essaie de pleurer mais je n'y arrive pas.

Isis s'assied à côté d'elle.

Silence.

Toinette : Et toi, ça va ?

Isis : J'étais chez Fanny-jeudi soir... Je babysittais Soph et Lou !

Toinette : Ah. Et?

Isis : Quoi ?

Toinette : jeudi soir ? Le babysit ?

Isis : J'étais en train de te raconter.

Toinette : Oui…

Isis (se tenant l'œil) : Ça pique ! Je suis sûre qu'ils vont devoir m'opérer. Tu vois du sang ?

Toinette : Non, rien.

Silence.

Toinette : Et donc ?

Isis : Jeudi soir Sophie a fait des dessins. Des papillons. Tu savais que lorsqu'un enfant dessine un papillon spontanément c'est que quelqu'un va mourir ? Jeudi soir, la veille.

Temps.

Isis : Les énergies, les vibrations, la galaxie, tout ça. On en revient à la galaxie, tu vois ?

Toinette : Non, je ne vois pas.

Silence.

Toinette : Tu peux m'aider ?

Isis : Je ne touche pas la mort.

Toinette : Ce sont des fleurs.

Isis : Pour une morte.

Toinette : Ça me rassure quand tu pleures. Je n'ai jamais vu Paula pleurer.

Isis : Moi si.

Toinette : Ah bon ?

Isis : Oui !

Toinette : Moi pas...

Isis : C'est normal.

Toinette : Pourquoi ?

Isis : C'est pas ta mère.

Temps

Toinette : Je n'ai pas vraiment eu le temps de la connaitre, la mienne...

Isis : Désolée.

Temps

Toinette : Paula tu l'a vue pleurer, pleurer ?

Isis : A cause de toi en plus.

Toinette : Ce n'est pas vrai !

Isis : Si

Toinette : Quand ?

Isis : Il y a quelques années. On rentrait de chez Granny. T'étais dans la voiture aussi. Tu ne te souviens pas ?

Toinette : Non.

Isis : J'étais trop triste pour elle.

Toinette : Tu confonds, non ?

Isis : Quoi ?

Toinette : Ce n'était pas moi.

Isis : Je ne l'ai jamais fait pleurer.

Toinette : Comment j'aurais pu faire pleurer quelqu'un ?

Isis : Elle en pouvait plus de tous tes problèmes de dyslexie, dys…

Silence.

Isis : elles puent la pisse ces fleurs, non ?

Toinette : Ah, c'est Jumpy ! Il a fait sur ma jambe ce matin.

Isis : Sur ta jambe ?

Toinette : Ma jambe…

Isis : Sur ta jambe !!

Toinette : Oui... Sur ma...

Silence

Toinette : J'ai tellement envie de pleurer. Je n'y arrive pas.

Toinette se remet à pousser des cris et gémissements.

Isis : J'ai mal à la poitrine depuis que Granny est morte. Tu sais qu'elle avait des problèmes cardiaques ? C'est héréditaire ce genre de trucs. Je suis sûre que j'ai un problème.

Toinette : C'est possible.

Isis : Regarde, je n'arrive plus à inspirer normalement.

Toinette : C'est un problème aux poumons alors.

Isis : Aux poumons ? Tu crois ?

Toinette : Oui.

Isis : Ou au cœur peut être ?

Toinette : Peut-être.

Isis : Quand j'ai peur, je pleure.

Toinette : Dessine-moi un papillon !

Isis : Quoi ?

Toinette : « quand j'ai peur, je pleure » ça m'a fait penser au Petit Prince, du coup « Dessine-moi un papillon ». Mouton, papillon… Papillon par rapport à Sophie et…

Isis : Je ne capte pas…

Toinette : Merde ! Non ! J'ai confondu avec un autre truc… Ce n'est pas du tout le petit prince ! Pardon !

Temps

Toinette : Apprends-moi à pleurer.

Isis s'allonge par terre sur le dos, Toinette l'imite.

Isis : Tu pousses quelques cris puissants de détresse, que tu forces, tu ne t'arrêtes pas, ensuite les larmes devraient arriver.

Isis commence à hurler à la mort, Toinette continue de l'imiter. Paulette s'avance, pendant qu'Isis et Toinette poursuivent en vain leurs cris de détresse.

Paulette : Je vais remplir ce papier. Il est là, je l'ai ! L'euthanasie anticipée c'est un bon compromis ! J'évite la phase légume et on me fait mourir Bam, un claquement de doigt et je ne suis plus là. J'y pense oui… Depuis quelques années. Depuis mes 50 ans. Non, depuis mes 40 ans peut-être, oui c'est ça, mes 40 ans. Quand j'ai eu Fanny en fait, c'était quand ? C'était en… J'avais 32 ans ! Oh la vache… ça fait plus de 40 ans que j'y pense… C'est con quand même, si on connaissait notre date on ne se ferait pas tant de soucis à anticiper. En vrai je m'en fiche de tout ça. Oui les gens meurent, et alors ? Je vais mourir, et alors ? C'est comme ça. J'étais passée la voir lundi et j'avais rempli son frigo de petites bouteilles de champagne. Maman n'avait pas de limites pour le champagne. Elle a écrit dans son testament qu'elle voulait du champagne à son enterrement… Elle a aussi écrit que…

Paulette : Elle a écrit…

Silence.

Paulette : Ça va être quelque chose cet héritage ! Je suis épuisée. J'ai l'impression de vivre un cauchemar éveillé. Elle a écrit que… Est-ce que je suis en train de rêver, là, maintenant ? Je ne dors plus la nuit… Je ne sais plus quand je dors ou pas. Je ne sais plus. Peut-être ai-je rêvé…

Toinette et Isis ont un fou rire.

Paulette et Fanny arrivent.

Fanny : Ça va les filles ? La veillée va commencer.

Isis *(se redresse)* : J'ai dit que je ne voulais pas la voir morte.

Fanny : (à Toinette) Et toi ?

Toinette : Je voulais qu'Isis m'apprenne un truc.

Fanny : Ça a l'air très drôle en tout cas. Levez-vous, on y va !

Paulette : J'ai soif.

Silence. Toutes regardent Fanny, qui regarde sa montre.

Fanny : Un verre ! Un seul !

Les quatre filles passent leur chemin et sortent.

8. LA DOUFFE

Paulette, Fanny, Isis et Toinette sont assises à une table. Le téléphone de Fanny sonne, elle s'éloigne pour décrocher. On entendra vaguement sa conversation au téléphone.

Paulette : Je suis contente de vous avoir près de moi. Je suis bien. Je suis tellement fière de vous. Faites-moi un câlin.

On entend Fanny de loin au téléphone.

Fanny : Tu me fais chier ! Merde !

Elle raccroche et rejoint les autres.

Isis : Ça va ?

Fanny : *(imitant Dan au téléphone)* « Les petites arrêtent pas de te réclamer, et j'en peux plus, et quand est-ce que tu rentres ? Je t'ai dit que je devais partir à 19h30, j'ai un concert avec mon frère, je n'arrête pas une seconde,… » Il peut se le foutre au cul son concert. *(Son téléphone sonne, elle le coupe)* Je vais chercher une bouteille.

Isis : Ah, enfin !

Toinette : Avec Rudy, ça ne se passe pas bien non plus pour le moment.

Isis : Qu'est-ce qu'il a fait ?

Toinette : Rien, justement.

Isis : Typiquement masculin de ne rien faire dans les moments où on a le plus besoin d'eux.

Paulette : J'aime ta lucidité Isis.

Fanny revient avec une bouteille à la main.

Fanny : C'est parce que vous êtes deux célibataires frustrées.

Isis : Je claque des doigts si je veux être en couple.

Paulette : Si je claque des doigts, ça fonctionne aussi?

Paulette essaie de claquer des doigts.

Toinette : Personne ne t'entend.

Isis : Frappe des mains.

Paulette frappe dans ses mains.

Paulette : Bonsoir, ça vous dirait un petit tête à tête avec moi ?

Fanny : Arrête maman ! Je sers tout le monde ? De quoi vous parliez ?

Toinette : Oh… De…

Fanny : Vous trouvez ça normal? Granny est morte et Dan, pouf, il devient invisible. Dès qu'il peut, il quitte la maison, il ne parle plus, évite le sujet, rien !

Toinette : Peut-être qu'il a peur de mal faire, il ne sait pas ce qu'il…

Fanny : Faut tout lui dire ? Il ne peut pas deviner de temps en temps ? C'est pénible de ne jamais pouvoir compter sur l'autre ! J'ai besoin qu'il réfléchisse tout seul, je n'ai pas l'énergie de lui dire ce qu'il doit faire et cet abruti ne trouve rien de mieux que de faire l'autruche. Rien vu rien entendu… ça va chérie ? » Mais non ça ne va pas ! Quel con ! Santé !

Paulette : Ça ne doit pas être évident pour lui.

Fanny : Oh ça va maman ! Toute façon tu le défends tout le temps. Bien sûr ! C'est ma grand-mère qui meurt mais c'est moi qui devrais le consoler parce que le pauvre ça ne doit pas être évident pour lui !

Paulette : Même pas fichue d'être là pour son enterrement…

Isis : Si t'es chiante comme ça à la maison je comprends qu'il ne soit…

Fanny : J'ai le droit d'être un peu chiante, non ? Fanny la petite femme parfaite qui ne fait jamais d'écart, elle a le droit d'être casse couille de temps en temps ?

Toinette : Une belle soirée qui s'annonce… Santé !

Fanny : J'y serai à cette saloperie d'enterrement, t'es contente maman ?

Paulette : Ah, enfin une bonne nouvelle !

Fanny : Quel égoïsme…

Paulette : A qui le dis-tu !

Silence.

Paulette : Vous vous souvenez du jour où Granny a été chez le médecin avec Isis parce qu'elle avait mis une perle dans son nez ?

Isis : Oh non maman, pas encore cette histoire !

Paulette : Pourquoi ?

Toinette : On la connait par cœur.

Fanny : Granny la racontait en boucle, c'est bon.

Toinette : Tu vas commencer à radoter, comme elle.

Paulette : Tu trouves que je radote ? Vous trouvez que je radote ?

Isis : Non maman.

Fanny : Quand même ! Cette histoire de perle…

Toinette : Bah si, un peu…

Paulette : Si un jour je deviens comme Granny, à radoter, promettez-moi que vous me laisserez toute seule et que vous ne vous occuperez pas de moi !

Isis : Pourquoi tu dis ça ?

Paulette : C'était trop lourd de m'occuper d'elle. Je ne veux pas vous infliger ça.

Toinette : On ne te laissera jamais Paula !

Paulette : *(s'énervant)* Justement ! Je vous demande de me laisser si...

Isis : Ok.

Fanny : Ok, maman.

Toinette : Si c'est ce que tu veux, d'accord.

Silence.

Paulette : Isis, va chercher une autre bouteille.

Isis : Pourquoi c'est toujours moi ?

Isis se lève et part chercher une bouteille.

Silence.

Paulette : Vous trouvez vraiment que je radote ?

Fanny : Oui ! // Toinette : Mais non !

Fanny : Tout le monde radote. Toi pas plus qu'une autre.

Toinette : Quand même...

Isis revient avec une bouteille de champagne.

Paulette : *(à Isis)* Elle était au frigo ?

Isis : Est-ce que c'est possible d'arrêter de parler de mort pendant plus de 5 minutes ?

Paulette : Je n'ai pas parlé de mort !

Isis : Ah si.

Paulette : Non.

Isis : Frigo, frigo… (*elle prend une grande inspiration*) Je n'arrive pas à ouvrir cette bouteille.

Fanny : Donne. *(Elle tente de l'ouvrir mais n'y parvient pas)* Oh putain !

Toinette : Tu veux que j'essaie ? *(Elle tente à son tour)* Ah, mince, j'ai les mains moites. Ça glisse.

Fanny : *(Elle reprend la bouteille)* Bordel !

Isis : Redonne !

Toinette : Demande à quelqu'un.

Isis : *(Regarde autour d'elle)* A qui ? *(Elle parvient enfin à ouvrir la bouteille)*

Paulette : C'est le champagne préféré de Granny. Il faut qu'on disperse ses cendres sur la tombe de Bon' Pa.

Fanny : C'est interdit.

Paulette : Je sais. Le neveu de Gisèle travaille au crématorium. Isis il faut que tu te débrouilles.

Isis : Quoi ?

Paulette : C'est un obsédé des filles et t'es la seule célibataire.

Isis : De quoi ? *(A fanny et Toinette)* Qu'est-ce qu'elle dit ?

Paulette : Oui, on n'a pas le choix.

Fanny : Maman, je sais que c'est important pour toi mais là, ça va un peu trop loin.

Toinette : Oui, je suis d'accord !

Paulette : C'est la seule solution. Tu t'arranges pour que l'urne ne soit pas complètement scellée et c'est bon

Isis : Mais qu'est ce que t'entends par « tu t'arranges » ? Je ne vais rien arranger du tout moi ! Vas-y toi!

Paulette : A l'âge que j'ai, franchement !

Fanny : Maman tu pètes un câble ou quoi ? Sérieux, t'es en train de demander à Isis de...

Paulette : Mais comment je vais faire ? Il faut que je répartisse ces putains de cendres sur la tombe de mon père et que je brûle sa foutue maison !

Toinette : Je commence à être pompette.

Fanny : Ok on s'arrangera pour l'urne ! On va réfléchir… Par contre pour la maison, sors-toi cette idée de ta tête, pour de bon !

Isis : Moi je ne vais rien arranger…

Fanny : Chut ! Isis, on trouvera bien un moyen.

Paulette : De la musique ! Mettons de la musique.

Toinette : Ce n'est pas l'heure de la veillée ? 18h tapante… Faudrait peut-être y aller, non ?

On entend la musique « Easy » de Son Lux. Ivresse. Elles enchainent les verres, les uns après les autres. Danse. Rire. Pleure. Joie. Moment suspendu.

Fin de la chanson. Isis se met debout sur sa chaise. Leger brouhaha entre toutes en continu.

Isis : Vous connaissez la blague du commissaire ? La blague du commissaire ?

Paulette – Fanny – Toinette : Non !

Isis : Mets ton doigt dans mon cul tu verras comme il sert !

Toinette rit seule.

Fanny : T'es saoule.

Isis : Monsieur et Madame Bar ont un fils, comment s'appelle-t-il ?

Toinette : Je ne sais pas.

Isis : Léni ! Léni Baaaaaar !

Fanny : Arrête de boire.

Toinette a un fou rire, toujours seule.

Isis : *(à Fanny)* T'aimes pas mes blagues ? Coincée du cul !

Fanny : Quelqu'un lui dit de se calmer ou je m'énerve ?

Isis : Houuuuuu, Fanny va s'énerver ! J'ai peur !

Paulette : Vous n'allez pas encore tout gâcher. Il y en a encore une qui va pleurer…

Fanny *(en colère, hurle à Isis)* : T'as jamais rien fait pour Granny !

Le brouhaha s'arrête.

Fanny : Je dois toujours tout gérer ! T'as jamais rien fait pour Granny !

Isis : C'est quoi ton problème ?

Fanny : Tu ne fais jamais rien pour personne ! // Isis : On s'amuse, on raconte des blagues et tu viens foutre la merde.

Fanny : Egoïste de merde. T'en as rien à foutre ! // Isis : Ferme-la parce que je peux aussi m'énerver !

Fanny : J'ai tout fait pour elle, moi ! // Isis : Je me casse.

Toinette *(à Isis)* : t'as trop bu, tu ne peux pas conduire.

Isis *: (à Toinette)* Ramène-moi. // Fanny : Je passais la voir tout le temps.

Toinette : Je ne peux pas, je n'ai pas mon permis.

Isis : Putain de merde. // Fanny : J'en ai marre de devoir penser à tout !

Paulette, désespérée, regarde la scène, les larmes lui montent. Isis prend ses clés de voiture, Toinette la poursuit pour l'empêcher de partir.

Fanny : C'est ça, va te tuer sur la route ! Enfin une bonne nouvelle !

Isis lance ses clés à la figure de Fanny et la blesse au visage. Du sang coule.

Fanny : *(à Isis)* T'es complètement malade !

Isis : J'en ai marre de ce petit Führer qui dirige nos vies !

Fanny : Heureusement que je dirige vos vies ! Vous êtes toutes des foireuses ! Toi aussi Toinette !

Toinette : Qu'est-ce que j'ai fait ?

Fanny *(à Isis)* : Madame Isis j'ai peur de mourir, dès que t'as une boule au cul ou ailleurs tu cries au cancer, tu passes ta vie à faire dans ton froc, t'as tellement peur de tout que tu ne vis même pas ! Tu sais ce qu'on dit ? A force d'avoir peur que les choses arrivent, on les provoque et elles arrivent vraiment !

Isis : C'est pour ça que je vais prendre mes clés, partir et me prendre un platane. Ça prouvera au moins que t'avais raison.

Fanny : Dès que t'as un verre dans le nez tu la ramènes. Qu'est ce qui se passe ? Tu te crois enfin forte ? Vous ne comprenez pas qu'à chaque fois que vous picolez, vous êtes encore plus pathétiques ? Les gens qui vous entourent sont sobres, ils vous regardent et se foutent de vous ! L'alcool met tant de filtres devant vous ? Vous ne voyez pas tout ça ? On ne peut même plus avoir une discussion sensée plus de 30 minutes, vous partez toujours en vrille ! Le lendemain vous oubliez tout. Moi je n'oublie pas ! Je me rappelle de chaque phrase, chaque mot que vous avez dit ! Chaque connerie. Chaque méchanceté. Vous êtes alcooliques et êtes surement les seules à ne pas le savoir.

Paulette : Pourquoi tu dis toujours « vous » ?

Fanny : Je ne sais pas maman. Tu te sens visée ?

Toinette : Fanny, arrête, ce n'est pas le moment...

Fanny : Ferme là Toinette ! Je t'ai dit que toi aussi t'étais une foireuse !

Toinette : Mais je n'ai…

Fanny : Sale gratteuse de dysphasique de merde ! Te taper l'incruste dans notre famille, voler notre mère !

Paulette (à Fanny) : T'es vraiment une chieuse, je le comprends Dan.

Fanny : J'en ai marre de devoir marcher sur des œufs tout le temps.

Toinette : J'aurais préféré avoir une famille normale, crois-moi.

Fanny : Pourquoi tu pleures encore toi ?

Isis : Parce que ça me rend triste, et quand je suis triste, je pleure, ça te pose un problème ? T'es allergique aux larmes ? Pourquoi ça t'emmerde autant que je pleure ? T'es jalouse ? Il n'y a jamais eu de place pour les sentiments dans cette famille. J'ai envie de pleurer et je vous emmerde !

Toinette : (à Paulette) Tu vas où ?

Paulette : J'aurais préféré mourir… J'aurais préféré mourir que de devoir assister à cette soirée. Vous m'avez tué.

Fanny : *(à Paulette)* Ça te donne un échantillon de ce qu'on vit en passant une soirée avec une alcoolique comme toi.

Paulette : Qu'est-ce que t'as dit ?

Toinette : Fanny, tu vas trop loin !

Fanny : Arrête, toi ! Kidnappeuse de famille ! Va te trouver une mère, un père, et fout nous la paix.

Toinette attrape un couteau sur la table et poignarde Fanny qui tombe au sol.

Toinette : J'en peux plus! Tu me fais chier ! Crève !

Isis : Aaaaaaah !! *(Elle se couche sur le sol et hyper ventile)*

Paulette s'assied par terre, dos aux autres.

Toinette : Elle en a marre Toinette ! Je n'arrive pas à pleurer ! J'ai dix milles litres de larmes à déverser et je n'y arrive pas ! J'ai l'impression de m'être autogreffé un sourire sur le visage depuis toute petite mais j'ai envie de pleurer là !! J'ai besoin de pleurer parce que moi aussi j'en ai marre !

Toinette s'enfonce le couteau dans le ventre et tombe au sol. Isis hyperventile toujours dans un sachet.

La musique « Easy » de Son Lux revient de façon saccadée. Les 4 femmes se remettent en mouvement au ralenti. Un ballet. Lenteur.

Fin de la chanson. Elles sont toutes autour de la table. Fanny se met debout sur sa chaise. Un léger brouhaha entre toutes revient.

Fanny : Et si on partait très loin ? Sur une île déserte ? On s'en fout de tout, on se casse ! Le boulot, le mari, les enfants, l'enterrement, rien à foutre ! On va nager dans la mer. Ça vous dit ?

Fanny perd l'équilibre, tombe de la chaise et Isis la rattrape.

Fanny : Oh oui, venez, on se fait un câlin ! Le plus gros câlin du monde, allez, viens maman !

Isis et Paulette accepte son câlin. Toinette s'avance en bord de scène.

Toinette : Que tout s'arrête. Tout. Mais non. Fanny va bien. Je vais bien.

Fanny : Je vous aime trop.

Toinette : Je ne suis pas devenue folle. Paula est restée sur ses deux pieds. Je ne me rappelle plus exactement. Ah oui, on a raté la veillée ! Pauvre Granny, elle a dû se retrouver toute seule avec les vieilles tantes.

Fanny : J'ai envie de rester ici toute la vie. On est bien là, non ?

Toinette : Les tantes qu'on ne voit qu'à Noel et aux enterrements. On est toujours prêts à se bouger pour les morts. Absurde.

Fanny : Ah non, on va dans la mer ! Allez venez on va à la mer. Viens Isis, on y va.

Fanny fait deux pas et trébuche. Isis tente de la laisser au sol pour qu'elle se repose. Fanny cède et reste allongée. Isis lui amène une couverture, Toinette vient l'aider. Paulette s'avance en bord de scène.

Paulette : On ne lui passe rien à Fanny. On est parfois dures entre nous, oui, un peu. Nous sommes énervantes, instables, envieuses, hystériques, angoissées, immatures, dures, peu sûres de nous… Problème de perception. Gros problème de perception. De tous. Mais ça bouge ! C'est en train de bouger ! Regardez-les, elles sont juste magnifiques.

Fanny : On ira demain alors… Isis, jure-moi qu'on ira demain !

Isis : Oui, dors maintenant.

Paulette : L'impression de devoir écraser l'autre pour pouvoir exister, il y a tellement peu de place… C'est vrai fanny n'est pas si rigide que ça ! C'est toujours plus facile de critiquer. C'est rassurant. Si seulement j'arrivais à leur dire à quel point elles sont belles…

Isis : Je crois profondément qu'on ne disparaît pas vraiment.
Isis se lève et laisse Fanny qui s'est endormie.

On se retrouve dans d'autres dimensions.

Des petites âmes flottantes.
J'y crois vraiment.
J'y crois pour me rassurer ou parce que c'est la réalité ?
Les liens qu'on crée sur cette terre peuvent être si puissants que l'idée de les perdre, de ne plus jamais ressentir cet amour, de perdre ces femmes à toute jamais…
Ça m'effraie. C'est juste ça l'angoisse de la mort. Sinon quoi ?
Elles se couchent toutes et s'endorment.

9. LE REVEIL

Lendemain. Un réveil sonne.

Fanny : Les filles, il faut se lever.

Toinette : Oh mon dieu.

Fanny : Maman !

Paulette : Maman ! Faut que j'enterre maman, faut que j'enterre ma mère ! Quelle heure est-il ?

Elles s'agitent. Quelques cris de désespoir, des soupirs,...

Isis : Je ne me sens pas bien. Je vais rester ici.

Fanny : Isis, tu viens !

Isis : Je me sens pas bien je te dis !

Toinette : Je n'ai rien à me mettre.

Fanny : Chaque fois que tu bois, tu déprimes le lendemain, c'est fatiguant. Arrête de boire.

Fanny : On enterre Granny dans trente minutes, qui a pris ma robe ?

Isis : Sérieux ? Tu vas mettre une robe ?

Fanny : Ce n'est pas le moment, Isis !

Isis : Je n'ai pas envie de me changer.

Paulette : Tu fais un effort ! J'ai envie qu'on soit belles pour Granny.

Isis : Je ne suis pas belle comme ça ?

Toinette : On est obligées de mettre du noir ?

Fanny : Oui. // Paulette : Non.

Isis : C'est tellement anxiogène.

Toinette : Granny est morte, elle ne nous verra pas.

Fanny : Question de code et de respect, c'est tout.

Toinette : J'arrive à respecter à mort même quand je suis en jeans moi.

Isis : Arrêtez de dire le mot « mort » dans toutes vos phrases.

Fanny : Si tu ne le fais pas pour Granny, fais-le pour maman au moins.

Paulette : Je suis déjà crevée.

Les 4 femmes fouillent dans un tas de vêtements, se lancent l'une l'autre les affaires, les enfilent. Toinette reste coincée dans un pantalon slim noir, les autres viennent l'aider à l'enfiler. Toutes se retrouvent en tenues sobres, sauf Isis qui a mis une tenue très colorée.

Fanny : Toinette et Isis, allez avec maman. J'ai besoin d'être un peu seule.

Isis : Oui chef.

Toinette : Tu veux que je conduise Paula ?

Paulette : T'as pas le permis Toinette !

Toinette : Ah c'est vrai

10. MAUVAIS CONVOIS

Paulette, Isis et Toinette sont dans une voiture. Elles suivent le corbillard.

Isis : Maman, il faut que je te dise quelque chose.

Paulette donne un grand coup de klaxon.

Paulette : Non mais, attends ! T'as vu ce… ?

Silence.

Paulette : Il ne voit pas qu'on forme un cortège, il a besoin de se glisser comme une fouine entre ma mère et moi. Déjà que les vieilles tantes se sont mises en première position… On va se calmer, oui ?

Toinette : Tu veux que je prenne le volant ?

Paulette : Pourquoi tu veux prendre le volant ?

Silence.

Isis : Maman, il faut que je te parle.

Silence.

Paulette : Elle est où granny ? Il est où ce corbillard ?

Toinette : 1,2… 6 voitures devant.

Isis : Maman, il faut que je te dise quelque chose, c'est important.

Paulette : Je t'écoute Isis, excuse-moi de devoir m'occuper d'un enfoiré qui dépasse et se croit tout permis parce qu'il roule en SVU – UVS...

Toinette : SUV.

Paulette : SUV, connard !

Isis : Maman ?

Paulette : Vas-y, je t'écoute.

Isis : Voilà. J'ai beaucoup réfléchi ces derniers jours, la mort de Granny a remué pas mal de choses, et j'ai écrit mon testament cette nuit. Ce matin plutôt.

Paulette : C'est quoi la plaque de devant ? Prends la plaque.

Isis : Pour une fois que je dis quelque chose d'important...

Paulette : Quelqu'un peut noter la plaque ?

Isis : rien à branler.

Toinette : Non, on ne s'en fout pas.

Isis : Ah, t'as entendu, toi ?

Paulette : La plaque !!

Toinette : Oui, je note Paulette, Paula ! Je note. 1 VPX 806. J'essaie de suivre des deux côtés...

Silence.

Isis : J'ai donc écrit mon testament…

Paulette : Oui.

Isis : Il n'y a rien d'extravagant… hormis peut-être le fait que j'aimerais que tout le monde fasse un don.

Paulette : Enfin il se casse ce gros plouc ! Bon débarras ! Vous avez vu ça ? Vous n'êtes pas choquées, vous ?

Toinette : Si, si, un peu.

Isis : Non, je m'en fous. J'essaie de te parler, maman !

Paulette : Mais je t'écoute ! Ils ont permuté de voiture, note la nouvelle plaque Toinette.

Toinette : 1 EFR 522.

Paulette : T'as noté ?

Isis : Que tout le monde fasse un don à une ASBL qui s'occupe des hypocondriaques maladifs angoissés profond. L'ASBL n'existe pas encore mais je m'en occupe pour…

Paulette : T'as toujours été anxieuse Isis. Depuis toute petite tu nous bassines avec tes problèmes. On ne savait plus quoi faire pour te… C'est vrai que tu déprimes toujours quand tu bois ! Et pourquoi il tourne lui ? C'est quoi ce chemin ?

Toinette : Je ne sais pas.

Paulette : On ne passe jamais par ici.

Toinette : Parfois ils empruntent des itinéraires bis exprès, pour qu'il y ait moins de monde.

Isis : J'ai toujours été comme ça, d'où mon testament…

Paulette : C'est quoi ces appels de phares ? Concentrez-vous les filles.

Isis : Que j'ai écrit parce que je me dis qu'il valait peut-être mieux que je me suicide tout de suite comme ça au moins je ne serai plus anxieuse.

Silence.

Paulette : A aucun moment ils se disent qu'on est plusieurs à suivre. Penser aux gens qui sont derrière, non ?

Isis : J'en ai marre.

Paulette : Moi aussi ! C'est quoi le numéro ? Le numéro, Toinette !

Toinette : 1 VPX 8…

Paulette : Non. L'autre.

Toinette : 1 EFR 522.

Le téléphone de Toinette sonne.

Toinette : C'est Fanny ! *(Elle décroche)* Allo ?

Paulette : *(Pour elle-même)* Ce n'est pas vrai.

Toinette : Fanny ? T'es où ?

Paulette : Qu'est ce qui se passe ?

Isis : J'essaie de te dire quelque chose de super important depuis tout à l'heure et tu n'écoutes rien, tu restes...

Toinette : Elle est déjà au crématorium.

Paulette : Où ça ?

Toinette : Au crématorium.

Isis : Je vais bouffer tous les médicaments de Granny !

Paulette : Quoi ?

Isis : Rien.

Paulette : C'est bien le moment de faire de l'humour !

Toinette : Taisez-vous je n'entends rien ! Ils sont tous au crématorium. Granny aussi.

Paulette : Granny ?

Toinette : Ils nous attendent, on...

Paulette : C'est quoi cette plaque que je suis ? Isis donne-moi la plaque de devant.

Isis : 1 DJA 871.

Paulette : C'est qui ?

Isis : Je n'en sais rien. On est censé suivre la plaque de qui ?

Paulette : La personne devant nous.

Toinette : C'est qui ?

Paulette : Je n'en sais rien.

Isis : C'est n'importe quoi.

Paulette : Vous savez que je ne suis plus capable de lire les plaques !

Toinette : On s'est trompé de convois.

Paulette : Ce n'est pas Granny ! Oh, mon Dieu... Je suis en train de suivre un autre mort... Ça me dégoute.

Toinette : Essaie de tourner dès que tu peux.

Isis : Donc pour mon testament vous irez aussi disperser mes cendres...

Paulette : D'abord celles de Granny.

Toinette : Elle est là. Ah...

Isis : Disperser dans la mer. Voilà.

Toinette : On vient de la dépasser. Fais demi-tour.

Paulette : Je ne peux pas...

Toinette : Reprends la nationale.

Isis : Je vais crever et tout le monde s'en fout.

Toinette : On ne s'en fout pas Isis, vous êtes toutes les deux compliquées à suivre ce matin, j'essaie juste de rejoindre le crématorium pour qu'on retrouve le bon corps, tout le monde nous attend et... Droite ! Tourne à droite ! *(Au téléphone)* On arrive, on est là ! Oui. On n'a pas suivi le bon corps. Maintenant, c'est bon. Je te vois.

Paulette : Ils n'ont pas intérêt à commencer sans nous.

Toinette : Non mais c'est parce que... Je t'expliquerai !

Isis : Testament, don ASBL, suicide et mer, voilà, comme ça, c'est dit.

Paulette : Qu'il fasse passer quelqu'un avant s'il faut, on passe notre tour.

Toinette : C'est bon on a encore 3 minutes.

Paulette : Elle est où l'entrée ? Elle est où ?

Toinette et Isis : Là !

Elles se garent.

Toinette : J'ai mon Rescue Spray avec moi si vous voulez?

11. LA CEREMONIE

Les quatre femmes sont debout, côte à côte, face au public.

Fanny : Il est où Norbert ?

Isis : Fanny, arrête !

Fanny : Toinette, il est où ton père ?

Toinette : Il s'est bloqué le dos comme prévu. Il ne viendra pas.

Fanny : Quel enfoiré de merde!

Maître de cérémonie (en off) : On va pouvoir commencer. Je vous invite toutes et tous à vous asseoir.

Fanny : Ton frère n'est pas là et tu ne dis rien ?

Paulette : Ce n'est pas mon frère.

Réaction de Toinette

Maître de cérémonie (en off) : Nous allons ouvrir cette cérémonie avec une chanson choisie par ses petites filles.

On entend la chanson « High way to hell » d'ACDC, précédée d'une publicité. Les filles se regardent, gênée. Isis s'excuse de ne pas avoir trouvé de version libre de droit gratuite.

Pendant a chanson, Fanny et Isis parlent à Paulette, lui posent des questions mais Paula ne veut pas répondre et leur fait plusieurs fois signe de se taire.

La chanson se poursuit. Elles écoutent les paroles avec plus d'attention.

Malaises. Réactions. Fin de la chanson.

Maitre de cérémonie (en off) : J'invite la première personne à prendre la parole à s'approcher du micro.

Les filles se regardent entre elles. C'est finalement Fanny qui se décide à prendre la parole au micro. Elle déplie sa feuille et commence à lire.

Fanny : Granny, ta douceur, ton réconfort, tes encouragements chaleureux, ta vision de la vie positive vont me manquer. Tu es la grand-mère dont tout le monde rêve. Câline, attentionnée, présente, aimante… Tu nous préparais les meilleurs chocolats chauds du monde. Tous les jours on passe devant ta brasserie préférée avec les enfants, tu leur manques tellement. Je suis heureuse qu'elles t'aient connue et que je puisse continuer à te faire vivre à travers leurs souvenirs. Merci pour tout ce que tu as apporté à notre famille, merci de nous avoir donné une mère si formidable.

Fanny retourne à sa place. Nouveau regard entre elles. Isis et Toinette s'avancent en même temps, s'arrêtent, se font des politesses et c'est finalement Toinette qui se dirige vers le micro.

Toinette : Je vais être rapide. *(Elle déplie son papier)* Granny, tu es partie. Démunie je me suis sentie, quand la tête dans le frigo je te fis, vis ! Tu resteras pour tou~~chhh...~~jours dans nos cœurs ici, remets le bonch, bonjour à Bon 'Pa au Paradis.

Toinette retourne s'aligner auprès des autres. Isis se prépare et Paulette prend finalement la place au micro, sans faire attention à sa fille.

Paulette : Maman, j'essayais de me préparer à ce jour, mais ta mort reste brutale pour moi. Me voilà orpheline. Sans mes filles autour de moi je ne tiendrais pas. Et toi aussi Toinette. Que te dire maman ? Merci de m'avoir permis d'arriver là où je suis aujourd'hui. Merci de m'avoir fait manqué de rien. Repose-toi, tu l'as bien mérité. La vie ne t'a pas fait de cadeaux. Embrasse Papa. *(Temps)* Par réflexe, convention, ou habitude, je ne sais pas, j'ai dit du bien de toi. T'étais un poison maman ! Tu m'as étouffé de toutes tes paroles négatives, tu as tout fait pour que je reste au fond du trou. *(On entend de gros sanglots)* Sans Papa, je serais toujours prisonnière de ta méchanceté. Je t'ai tout donné, j'ai toujours été là pour toi *(les sanglots reprennent de plus belle)*, je t'ai supportée, je t'ai donné mon temps, tout ça pour que tu me craches à chaque fois ton venin à la gueule ! Inconsciemment je l'ai tant rêvé ce jour, je l'ai tant attendu, je n'ai pas eu le courage ou l'humanité de te laisser crever seule comme une merde, car c'est tout ce que tu méritais. *(Sanglots au maximum de leur puissance)* Je peux savoir qui pleure comme une mégère ? La bande des faux-cul on va s'arrêter, oui ? Pourri en enfer maman et laisse papa tranquille.

Paulette retourne près de ses filles. Malaise. Gros malaise. Temps. Isis hésite à prendre la parole après cette intervention. Elle se décide à le faire.

Maitre de cérémonie (en off) : Je pense que nous pouvons conclure cette cérémonie. Merci à toutes et tous. Voici la chanson de clôture.

Isis se résigne. A nouveau, publicité avant d'entendre « Allumez le feu » de Johnny Halliday.

Toutes désemparées. Petit à petit, un fou rire nerveux, ou des sanglots joyeux, emportent les 4 femmes. Elles quittent la salle.

Le corps brûle. Brûle. Brûle.

Isis s'avance.

Isis : On en revient toujours aux vibrations de la galaxie. De qui parle-t-on ? Je ne comprends pas ! Est-ce que tout le monde a entendu la même chose que moi ? Le réel n'existe peut-être pas… C'est qui Granny ? C'était qui ? Moi je me souviens qu'un jour, elle m'a fixé droit dans les yeux, tenant une coupe de champagne à la main. Je lui ai demandé de poser son verre parce qu'elle ne tenait déjà plus debout. Elle m'a fixé, droit, et elle a bu son verre, d'une traite. Je ne comprends pas

12. LES CENDRES

Fanny : Isis, le mec est là-bas, vas-y !

Isis : Moi, angoissée de la mort, je vais aller draguer un croque-mort ?

Fanny – Toinette – Paulette : Vas-y !

Isis se dirige vers le croque mort, en coulisse.

Paulette : C'est vraiment pour respecter ses dernières volontés, sinon je les aurais bien juste foutues à la poubelle.

Fanny : Maman !

Paulette : Raisonnable, Fanny. Je sais. Il faut être raisonnable. Toujours.

Toinette : Cette fois on ne prend qu'une seule voiture.

Fanny : Je vais conduire.

Toinette : Si on se fait arrêter par la Police, on dit qu'on est 4 ou 5 ?

Isis revient.

Isis : C'est bon !

Fanny : Quoi ?

Isis : L'urne. Il ne va pas la sceller complètement.

Toinette : T'es même pas resté 30 secondes.

Fanny : Comment t'as fait ?

Isis : Les énergies, les vibrations… Vous ne pouvez pas comprendre ! T'as un ouvre boîte dans ta voiture ?

Fanny : Non Isis, je n'ai pas d'ouvre boîte dans ma voiture !

Isis : Il m'a conseillé de quand même prendre des outils… Je vais prendre ma batte de Baseball.

Isis part chercher sa batte de Baseball.

Fanny : T'es sérieuse?

Toinette : J'ai un Rescue Spray.

Fanny : Qu'est-ce que tu veux qu'on fasse avec ton Rescue ?

Toinette : Au cas où, je ne sais pas.

Paulette : J'ai l'urne, on y va.

Toinette : C'est comme ça que l'on s'est retrouvée sur l'autoroute, direction Leuze-en-Hainaut. On s'est perdue. Isis a sorti des bouteilles de champagne qu'elle avait planquées en prévision de notre gueule de bois. On a commencé à boire dans la voiture. Fanny a mis la radio pour combler le silence pesant. Je pense que tout s'est joué à cet instant. Du poison avait été craché de toute part... On était toutes infectées. On s'est tues... Un pardon radical planait dans l'habitacle... Il aurait suffi d'une parole, d'un mot, d'un soupir, pour que tout, tout s'envole à jamais. Les énergies, les vibrations... Peut-être que tout était là. A une centaine de mètre du cimetière on s'est arrêtées sur un terrain vague. On a tenté d'ouvrir l'urne. Il n'avait pas menti ce croque mort.

Fanny : Isis, va chercher la batte.

Isis : Sérieuse ?

Fanny : Vas chercher cette putain de batte qu'on en finisse avec cette urne.

Fanny, Isis et Toinette défoncent l'urne, tentent toutes les tactiques possibles et imaginables. Elles finissent enfin par l'ouvrir. La voiture de Fanny est, elle aussi, un peu défoncée. Toinette est désignée par les autres pour planquer l'urne sous son manteau. Elles entrent dans le cimetière et cherchent la tombe du grand-père, Bon' Pa.

Paulette : C'est là ! « Gaston Ledruque ».

Fanny : Il y a des fleurs dessus, c'est normal ?

Paulette : Depuis qu'il est mort, quelqu'un lui apporte des fleurs toutes les semaines. Et ce n'était pas Granny. Je ne sais pas qui c'est.

Toinette : Je les verse où ? Si on peut faire vite, je ne me sens pas très bien à l'idée d'avoir Granny sur mon ventre.

Isis : Tu les balances. Loin.

Toinette : Ça va s'envoler ! C'est bien connu qu'à chaque enterrement, les cendres volent et ça arrive sur les gens.

Il commence à pleuvoir.

Isis : Il ne manquait plus que ça.

Fanny : Dans le pot de fleurs.

Paulette : Mets les dans le pot.

Isis : Ça va maman ?

Paulette : C'est étrange. Vraiment étrange.

Fanny : Tu veux qu'on te laisse seule ?

Paulette : J'aimerais un moment de silence, toutes ensembles.

Long silence. Elles sont trempées.

Toinette : J'ai froid.

Paulette : Qui verse ?

Isis : Pas moi.

Toinette : J'y vais.

Toinette verse les cendres dans le pot de fleurs. Ça dure.

Toinette : Ça va déborder. Qu'est-ce que je fais ? Ça va déborder !

Isis : Elle n'était pas toute maigre la Granny.

Fanny : Ça n'a rien à voir.

Toinette : Ça déborde, vite !

Paulette : Verse au sol ce qui reste.

Isis : Ah oui, quand même !

Toinette : Venez, on fait une photo.

Fanny : t'es sérieuse Toinette?

Toinette prend un selfie avec tout le monde. Paulette s'avance.

Paulette : Pour notre conscience à toutes, il aurait fallu que ça se passe comme ça. Dernières volontés, exaucées. La réalité n'est pas si simple… Je ne sais plus. Ça s'est passé comme ça ? J'aurais aimé que ça se passe comme ça ? Ou bien ça s'est réellement passé comme ça ? Je ne sais plus.

Retour en arrière. La scène recommence. Il commence à pleuvoir.

Isis : Il ne manquait plus que ça.

Fanny : Dans le pot de fleurs.

Paulette : Mets les dans le pot.

Paulette attrape l'urne et s'éloigne vers la poubelle.

Isis : Ça va maman ?

Paulette : C'est étrange. Vraiment étrange.

Fanny : Tu veux qu'on te laisse seule ?

Paulette se dirige vers la poubelle et veut renverser toutes les cendres dedans. Les filles la regardent, Fanny se précipite sur elle.

Fanny : T'es folle ! Maman arrête !

Paulette : Je ne veux pas qu'elle soit à côté de papa !

Toinette : La poubelle c'est brutal quand même.

Fanny : Donne-moi cette urne !

Paulette : Lâche-moi !

Isis : Arrêtez tout le monde nous regarde.

Paulette, Fanny et Toinette se disputent l'urne, Isis tente de les calmer en gardant de la distance par rapport à l'urne. La bagarre se termine avec les cendres qui volent et atterrissent sur Isis. Elle hurle.

Isis : Enlevez ce truc ! C'est dégueulasse !

Toinette : Quelqu'un a un mouchoir ?

Isis : Enlevez ça !

Fanny : Ne crie pas !

Isis : J'ai l'impression que la mort me bouffe ! Aidez-moi putain !

Toinette et Fanny essaie d'essuyer Isis avec des mouchoirs. Fanny a un fou rire. Paulette ramasse les morceaux d'urne au sol.

Isis : Arrête de rire toi !

Fanny : Pardon.

Toinette : Calme-toi Isis, ce ne sont que des cendres.

Isis : Mais justement.

Isis enlève son pull et son pantalon, Toinette enlève son long manteau et lui donne.

Toinette : T'en as encore un peu sur la joue ?

Isis : *(Paniquée)* Quoi ?

Toinette : Ce n'est pas vrai ! Je rigole, c'est une blague.

Paulette : J'aimerais un moment de silence, toutes ensembles.

Long silence. Elles sont trempées.

Toinette : J'ai froid.

Paulette : Je ne voulais pas la mettre à côté de mon papa, désolée.

Fanny : Tu n'as pas à te justifier.

Isis : Ce n'est pas grave.

Toinette : Bah quand même !

Temps.

Toinette : Venez, on fait une photo.

Fanny : T'es sérieuse Toinette ?

Toinette prend un selfie avec tout le monde.

Chacune retourne dans sa position du début de l'histoire. Partout. Nulle part.

Fanny : 2 mois plus tard j'ai fait une fausse couche. J'étais enceinte pendant qu'on enterrait Granny et je ne le savais même pas. Un décès, une naissance, c'est ce qu'on dit souvent. Raté, pas pour cette fois, on a que le décès. Ça m'a bien calmé, tout ça, remis les idées en place. Pour combien de temps ? La prochaine fausse couche ?

Fanny embrasse tout le monde et sort de scène.

Isis : Ça va. Ça va mieux.

La psy : Pourquoi ?

Isis : Ça me fatiguait tellement d'avoir peur de mourir, que je me suis dit : autant mourir tout de suite.

La psy : Et vous ne l'avez pas fait.

Isis : De quoi ? Mourir ?

La psy : Oui.

Isis : Non. Puisque je suis en train de...

La psy : Vous voulez ajouter quelque chose ?

Isis : Oui. Je disais : ça me fatiguait tellement, je me suis dit : et bien meurs ! Donc finalement mourir reviendrait à ne plus devoir supporter toutes ces angoisses, ce qui serait une bonne chose, donc mourir serait finalement une bonne chose, quelque chose de positif, vu que c'est positif ça ne me fait plus peur, et comme je n'en ai plus peur, et bien je reste en vie, parce qu'il n'y a plus de raisons de me suicider au final.

La psy : Félicitations !

Isis : Merci.

Isis embrasse tout le monde et sort de scène.

Toinette : J'ai parlé à mon père ce matin. J'ai parlé à mon gros sac de patate de faux père, Norbert.

Paulette : Tu lui as dit quoi ?

Toinette : Que je l'avais tué, que j'avais tué le père, Bam !

Paulette : Qu'est-ce qu'il a dit ?

Toinette : Il a dit quelque chose de tellement insignifiant que je ne me souviens plus.

Paulette : T'es courageuse Toinette.

Toinette : Faut que je retourne près de mes chevaux. C'est vital d'avoir une raison de vivre… Non ? *Elle se met à pleurer.* Oh je pleure ! Je pleure ?

Toinette enlace Paulette et l'embrasse et sort de scène.

Paulette : C'est chouette les Happy End, non ? Happy… End.

Paulette sort de scène. Chanson de fin. Noir.